Rudolf Eberhard · Fritze Bollmann wollte angeln

Fritze Bollmann wollte angeln

Berliner Lieder

zusammengesucht und herausgegeben
von
Rudolf Eberhard

illustriert
von
Ayla und Ali-Haydar Hicsasmaz

arani

CIP-Kurztitelaufnahme der Deutschen Bibliothek

Fritze Bollmann wollte angeln: Berliner Lieder /
zusammengesucht und hrsg. von Rudolf Eberhard.
Ill. von Ayla und Ali-Haydar Hicsasmaz. – Berlin: arani, 1994.
2., unveränderte Aufl.
ISBN 3-7605-8651-1
NE: Eberhard, Rudolf [Hrsg.]

Herausgegeben von Rudolf Eberhard
Redaktion: Katharina Janike
Einbandzeichnung und Illustrationen von
Ayla und Ali-Haydar Hicsasmaz
Typographie und Layout: Kurt Thöricht

Printed in Germany
2., unveränderte Aufl. 1994
Lithographie des Einbandbezuges und der Illustrationen:
Brandt & Vejmelka, Berlin
Satz: Saladruck Steinkopf & Sohn, Berlin
Gesamtherstellung: Kösel GmbH & Co, Kempten
ISBN 3-7605-8651-1

Inhalt

Berlin, seine Menschen, seine Lieder

Daß in Berlin die Zahnstocher länger sind als anderswo, weiß jeder. Daß sie auch spitzer sind als in der Provinz, versteht sich von selbst. Daß es sich bei den Berlinern samt und sonders um Großschnauzen handelt, stimmt nicht. Ich weiß es. Ich bin ein Berliner, aber niemand hat mich bisher eine Großschnauze genannt. Da haben Sie den Beweis!

Daß die Berliner ein Deutsch sprechen, das von Fehlern wimmelt, schon weil sie konstant mir und mich verwechseln, ist eine äußerst unfeine Übertreibung von Leuten, die uns Berliner nicht leiden können. Wer nach Berlin kommt und meint, der Taxifahrer empfängt ihn mit den Worten: „Janz Berlin is eene Wolke, und wir beide sind mittenmang!", kann lange auf solche Sprüche warten. Denn: längst nicht alle Berliner „berlinern". Wer meint, am Bankschalter sagt der Kassierer: „Na, Männeken, wo sind de Kohlen? Immer raus mit de Piepen! Oda hab'n Se Angst, den Zaster uff'n Tisch zu legen?", wird zweifellos enttäuscht werden.

Berlinert wird zum Beispiel beim bunten Abend in der Hasenheide, und zwar vom Ansager. Und das „Berlinern" besteht auch nicht in der Verwechslung von mir und mich, sondern in der liebenswert frechen, schnoddrigen, jedoch gutmütigen Ausdrucksweise, gepaart mit Witz, Schlagfertigkeit und Toleranz. Der folgende Schnack ist ein echtes Berliner Produkt:

„Ick merke ooch," sagte die Frau, die vom Arzt kam, „det ick älter werde! Als ick vor zehn Jahren zum Doktor kam, sacht der: Zieh'n Sie sich mal aus. Vor'n paar Jahren komm' ick hin, sacht der: Machen Sie sich oben frei. Und was sacht er heute? Stecken Sie mal die Zunge raus. – Jetzt weeß ick alles!"

Wenn Sie die von mir zusammengetragenen Lieder lesen, liebe Freunde unserer Stadt Berlin, werden Sie ausschließlich echte Berliner Lieder finden. Liebenswert, pfiffig, witzig, manchmal melancholisch. Lieder, die die Welt erobert haben, die weit über die Grenzen unserer Stadt hinaus gesungen, gepfiffen werden und vielfach mit parodierenden Texten unterlegt worden sind.

Beim Anlegen eines sehr strengen Maßstabes habe ich dreihundert Lieder von Berlin, um Berlin und aus Berlin gesammelt. Dreihundert! Welche Stadt hat einen solchen Liederschatz hervorgebracht? Ich kenne keine.

Und nu lasssen Se mir zum Schluß ooch mal „berlinern": Wenn Se also denken, wir in Berlin wär'n schon so'n bißken vermickert und würden unsern Jeist langsam uffjeben, kenn' Se uns nich. Lesen Se mal, wat ick für Sie jesammelt habe. Die hübschen Illustrationen in diesem Buch stammen natürlich ooch von een'n Berliner. Nich von een'n jeborenen! Nee, von een'n jelernten! Von Jeburt isser'n Türke. Det macht bei uns in Berlin jar nischt. Wir kieken hier nich, ob eener 'ne jroße Neese hat oder 'ne kleene, ob eener 'ne jelbe Haut hat, 'ne rote oder 'ne schwarze. Bei uns kommt et druff an, det eener in'n Kopp helle is.

Amüsier'n Se sich man schön beim Lesen! Ick verabschiede mir.

Der Herausgeber
Rudolf Eberhard

Een Kuß alleene hat ja nich viel Zweck

Warum soll er nich mit ihr ...?

Laß mich an deinem Busen
noch einmal schmusen!
Da sprach sie unter Tränen:
„Ick hab' ja keenen!

Den, wo ick jestern hatte,
der war von Watte.
Und jeden Tag 'n neuer,
det kommt zu teuer."

Lied von der Krummen Lanke

Vor zwee Jahren im Aujust
habe ick noch nich gewußt,
daß ick heute Klagelieder singen muß.
Damals hat' ick, erst entfernt,
meine Emma kennjelernt,
ach, und heute is schon mit der Liebe Schluß.
In 'nem Jrunewaldlokal
sah ick sie zum erstenmal,
sie trank Kaffee und aß Liebesknochen zu;
und ick schlängelte mich ran,
dann fing'n wir zu meckern an,
und um achte sagten wir schon beede: „Du".

Nachher saß ick mit der Emma uff 'ner Banke,
über uns da sang so schmelzend ein Pirol.
Unter uns da lag so still die Krumme Lanke,
neben uns aß eener Wurscht mit Sauerkohl.
Gerade rüber zog sich eener an vom Baden,
und wir sah'n ihn noch im Badeanzug jehn.
Da sprach Emma zu mir traut:
„Bist du ooch so schön jebaut?"
Und dann gab sie mir 'n Kuß,
ach, war det schön!

Ach, der erste Kuß war schön,
darum blieb's nich bei den een',

denn een Kuß alleene hat ja nich viel Zweck.
Emma küßte mit Jefühl,
und die Nacht, die war so schwül,
und der letzte Zug war sowieso schon weg.
Aber um die Weihnachtszeit
meinte sie: „Es ist soweit!“
Weinend sprach sie: „Det Malheur, es ist von dir!“
Darauf dacht' ick: „Au verdammt!“
und jing hin zum Standesamt
und dann macht' ick schleunigst Hochzeit auch mit ihr.

Und nun saß ick wieder mit ihr uff 'ner Banke,
und die Orjel hat so wunderschön jetönt.
Und wir dachten beede an die Krumme Lanke
und die janzen ollen Tanten hab'n jeweent.
Der Herr Pastor hielt so schöne fromme Reden,

und er sprach ooch wat von Jungfrau rein und klar,
denn er hat ja nischt jewußt
von dem Abend im Aujust,
weil er damals nich dabeijewesen war.

Und nu war'n wir Frau und Mann,
und bald kam der Kleene an,
da bekamen wir 'n Schreck janz fürchterlich!
Eenen Wasserkopp engros
und die Beene krumm wie 'n O
's war so'n richt'ger kleener Krummelankerich.
Ach, der Junge, der war toll,
alle Windeln macht' er voll,
und ick spülte dann die dreckjen Dinger aus,
denn die Emma meente jlatt,
det se det nich nötig hat.
Dadurch kam bei uns der erste Streit ins Haus.

Nachher saß ick in der Küche uff der Banke,
und die Windeln hingen rum so wunderschön,
und 'ne Filiale von der Krummen Lanke
macht' der Kleene mir uffs linke Hosenbeen.
Nachts, da konnte keener von uns ruhig schlafen,
denn der Bengel brüllte bis zum Morgen fast;
und da riß uns die Jeduld,
eener jab dem andern schuld:
„Hättste damals lieber nich den Zug verpaßt!"

Seit der Zeit jab's jeden Tach
zwischen uns den jrößten Krach,

denn der Emma schwoll janz fürchterlich der Kamm.
Und sie haute jeden Topp
kurz und kleen uff meinem Kopp,
meine Birne wurde weich wie'n Jummischwamm.
Voll Verzweiflung schafft' ick dann
mir 'ne andre Freundin an,
doch die Emma hat's natürlich rausjekriegt;
und sie reichte, wie jemein,
jleich die Scheidungsklage ein.
Darauf kriegten wir 'ne Ladung vors Jericht.

Und nu saß ick wieder mit ihr uff 'ner Banke,
und der Richter hat uns beede dann verhört.
Wütend dacht' ick: „Die verfluchte Krumme Lanke!"
Und dann wurde ick als schuld'jer Teil erklärt.
Nu muß ick für Emma und det Jör bezahlen,
und ick komm mein Leben lang nich mehr zur Ruh'.
Det soll mir 'ne Warnung sein,
ick fall' nich noch eenmal rein,
ick koof mir Sand und schipp die Krumme Lanke zu.

Sabinchen war ein Frauenzimmer

Sabinchen war ein Frauenzimmer,
gar hold und tugendhaft.
Sie diente treu und redlich immer
bei ihrer Dienstherrschaft.

Da kam aus Treuenbrietzen
ein junger Mann daher,
der wollte gern Sabinchen besitzen
und war ein Schuhmacheer!

Sein Geld hat er versoffen
in Schnaps und auch in Bier.
Da kam er zu Sabinchen geloffen
und wollte welch's von ihr.

Sie konnt' ihm keines geben,
da stahl er auf der Stell'
von ihrer guten Dienstherrschaft
sechs silberne Blechlöffel.

Jedoch nach achtzehn Wochen,
da kam der Diebstahl raus.
Da jagte man mit Schimpf und Schande
Sabinchen aus dem Haus.

Sie rief: ,,Verfluchter Schuster,
du rabenschwarzer Hund!"
Da nahm er dann sein Schuhmachermesser
und schnitt ihr ab den Schlund.

Das Blut zum Himmel spritzte,
Sabinchen fiel gleich um.
Der böse Schuster aus Treuenbrietzen,
der stand um ihr herum.

In einem dunklen Keller,
bei Wasser und bei Brot,
da hat er endlich eingestanden
die graus'ge Moritot.

Und die Moral: Ihr Lieben,
traut keinem Schuster nicht!
Der Krug, der geht so lange zu Wasser,
bis daß der Henkel bricht!

Uff 'n Hängeboden

Zu der Rieke spricht die Mutter:
,,Meechen, halte dir nich uff
und jeh dalli mit de Wäsche
uff 'n Hängeboden ruff!
Zwar et ist schon etwas schummrich,
und da oben brennt keen Licht,
aber wenn de dir recht sputest,
brauchste die Laterne nich."

Rieke jeht, doch nach 'ner Weile
stürzt se runter im Galopp
zu der Mutter in de Küche,
der entfällt vor Schreck een Topp.
,,Jotte doch, een' so zu ängstjen,
sage, Kind, was haste bloß?"
Uff den Küchenstuhl sinkt Rieke
und spricht hohl und atemlos:

,,Uff 'n Hängeboden, uff 'n Hängeboden,
so janz jraulich und stumm,
uff 'n Hängeboden, uff 'n Hängeboden
jehn Gespenster herum!
Mutter, so een Malheur,
ach, ick jraule mir sehr!
Uff 'n Hängeboden, uff 'n Hängeboden
jeh ick sicher nich mehr.

Jrade als ick deine Hemden
uff de Leine hängen will,
hör' ick plötzlich een Jerutsche,
mir stand Herz und Atem still.
Richtig fing ooch det Jespuke
uff 'n Hängeboden an,
denn durch eene Bodenluke
kiekt een pechkohlschwarzer Mann.

Zwee janz joße jlubsche Oogen
kamen immer näher, ach!
und een riesenlanger Laban
schob sich durch de Luke nach.
Mit 'n sanften Drängelberger,
schneller, Mutter, als man denkt,
hat mich dann der schwarze Buhmann
in de Ecke rinjedrängt.

Uff 'n Hängeboden, uff 'n Hängeboden,
so janz jraulich und stumm,
uff 'n Hängeboden, uff 'n Hängeboden
jehn Gespenster herum!
Mutter, so een Gespenst,
wenn de det noch nich kennst,
uff 'n Hängeboden, uff 'n Hängeboden,
Mutter, wie de da rennst!"

Zweifelnd sagt darauf die Mutter:
„Täuschste dir ooch nich, mein Kind?
Det wer'n wohl so janz jewisse

Halluzination'n jewesen sind!
Warst ja immer 'n bißchen ängstlich,
det hat Vater dir vererbt,
aber, wie mir det so vorkommt,
det Gespenst hat abjefärbt!

Pechkohlschwarz is deine Neese,
und die Schürze janz zerknüllt,
wenn de etwa mir de Wäsche
noch zerknautscht hast, wer ick wild!
Dann wer ick dem Jeist mal zeijen,
wat berlinisch ‚spuken' heißt!"
„Ach, tu 's nich", sagt da die Rieke,
„es war ja keen böser Jeist!

Uff 'n Hängeboden, uff 'n Hängeboden
so janz jraulich und stumm,
uff 'n Hängeboden, uff 'n Hängeboden
jehn Gespenster herum!
Mutter, reg dir nich uff,
aber da schwör ick druff:
uff 'n Hängeboden, uff 'n Hängeboden,
jeh ick morjen wieder ruff!"

Hinterm Ofen sitzt 'ne Maus

Vater, Mutter, Tochter, Bruder
sitzen in der Stube drin,
plötzlich läuft so'n kleines Luder,
eine Maus, zum Ofen hin!
Kreischend gleich die Damen springen
auf die Stühle eins, zwei, drei,
und bis auf die Straße dringen
hört man großes Angstgeschrei.

„Warum schreit ihr denn bloß alle?
Macht doch nicht so 'n Mordsradau!
Ich hol' jetzt 'ne Mausefalle,
fange dann die Maus ganz schlau!"
Doch um keinen Preis des Lebens
rühren sich die Frau'n vom Fleck.
Alles Reden ist vergebens:
„Vater, fang die Maus erst weg!"

Hinterm Ofen sitzt 'ne Maus,
die muß raus, die muß raus!
Hört ihr, wie se ziept?
Hört ihr, wie se piept?

Vater sitzt nun auf der Lauer,
daß das kleine Biest er fängt,
doch die kleinste Maus ist schlauer,

als der schläuste Vater denkt.
Dicht vorbei an seinem Kopfe
springt sie mit 'nem Satz behend
und versteckt sich in dem Topfe,
den man nicht sehr gerne nennt.

Ha! jetzt sitzt sie in der Falle,
denkt der Vater, und im Nu
mit 'nem fürchterlichen Knalle
haut er mit dem Stiebel zu.
Aber, ach, im Augenblicke
rutscht er aus und schlägt lang hin,
bricht dabei den Topf in Stücke,
na – zum Glück war grad nichts drin!

Hinterm Ofen sitzt 'ne Maus,
die muß raus, die muß raus!
Hört ihr, wie se ziept?
Hört ihr, wie se piept?

Vater hat sich bös gestoßen,
aber weiter geht die Jagd,
denn das Mäuschen unverdrossen
hat sich aus dem Staub gemacht.
Und nun saust man durch das Zimmer
immer um die Frau'n herum,
alles geht dabei in Trümmer,
Tisch und Stühle purzeln um.

Vater haut in seinem Eifer
fast das ganze Haus in Klump,
plötzlich schreit die Mutter: ,,Hilfe!
jetzt sitzt mir das Biest im Strumpf!"
Ohnmacht, Schreck, Entsetzen, Fluchen,
alles grabscht nach Mutterns Been,
doch vergebens ist das Suchen,
denn die Maus ist nicht zu sehn.

Hinterm Ofen sitzt 'ne Maus,
die muß raus, die muß raus!
Hört ihr, wie se ziept?
Hört ihr, wie se piept?
Hinterm Ofen sitzt 'ne Maus,
die muß raus, die muß raus!
Ei, Schockschwerenot!
Schlagt das Biest doch tot!

Komm, hilf mir mal die Rolle drehn

Reinlichkeit ist's halbe Leben,
sagt stets meine Frau zu mir,
darum haben große Wäsche
alle vierzehn Tage wir.
Und sobald die Wäsche trocken,
kommt sie mit dem Waschkorb an,
und aus ihrem süßen Munde
tönt es lieblich also dann:

Komm, hilf mir mal die Rolle drehn,
du bist so dick und stramm,
genier dich nicht, und zier dich nicht,
wir drehn das Ding zusamm'.

Ringsherum die ganze Gegend
weiß, wann wir zur Rolle gehn,
alle Gören an dem Tage
boshaft vor der Haustür stehn.
Zwanzig Sicherheitsbeamte
sorgen dann für Ordnung bloß,
doch kaum komm ich mit dem Waschkorb,
brüllt der ganze Chorus los:

Komm, hilf mir mal die Rolle drehn,
du bist so dick und stramm,

genier dich nicht, und zier dich nicht,
wir drehn das Ding zusamm'.

Jetzt ist es soweit gekommen,
ich hab Angst fürs Schlafengehn,
kaum, daß ich im Bette liege,
träume ich vom Rolledrehn.
Aber neulich war's am tollsten,
ich rief bei 'ner Hochzeit aus,
zu der Braut das Glas erhebend,
unter donnerndem Applaus:

Komm, hilf mir mal die Rolle drehn,
du bist so dick und stramm,
genier dich nicht, und zier dich nicht,
wir drehn das Ding zusamm'.

Warum soll er nich mit ihr ...?

Miezens Mutter hat wat gegen Miezens Freund,
wie mir scheint.
Alles, was die beiden woll'n, sie nicht soll'n,
wegen der Oll'n.
Na, det is doch unerhört,
weil das doch die Freundschaft stört.
Dabei woll'n se, ach herjesses,
jar nischt Böses!
Was die andern alle können,
will die Olle ihr nicht gönnen,
na, det is doch fürchterlich,
oder nich?

Warum soll er nich mit ihr vor der Türe stehn,
warum soll er nich mit ihr mal konditorn gehn,
warum soll er nich mit ihr, wenn die Frühlingslüfte zart,
machen mal uff de Spree eene Mondscheinfahrt?
Warum soll er nich mit ihr mal 'n Witz riskier'n,
warum soll er nich mit ihr mal die Liebe spür'n,
warum soll er nich mit ihr?
Warum soll er nich mit ihr?
Ja, ick weeß et nich, die Mutter, die is nich dafür.

Neulich abends wurd' es Mieze doch zu toll,
siehstewoll!
Uff die Socken sie sich machte, still und sachte,

eh's Mutter dachte!
Und sie pfiff vor Orjens Tür.
Wie der Blitz war er bei ihr!
Und der Mondschein schien so blanke!
Na, ich danke!
Orje is 'n ganzer Kesser,
und die Mieze is nich besser,
doch passiert is nischt und so,
ach, i wo!

Warum soll er nich mit ihr vor der Türe stehn,
warum soll er nich mit ihr mal konditorn gehn,
warum soll er nich mit ihr, wenn die Frühlingslüfte zart,
machen mal uff de Spree eene Mondscheinfahrt?
Warum soll er nich mit ihr mal 'n Witz riskier'n,
warum soll er nich mit ihr mal die Liebe spür'n,
warum soll er nich mit ihr?
Warum soll er nich mit ihr?
Ja, ick weeß et nich, die Mutter, die is nich dafür!

Jedes Mädchen braucht doch schließlich was fürs Herz,
ohne Scherz!
Und die Mütter denken immer ville schlimmer!
Hab'n keen' Schimmer!
Wie sie selber früher war'n,
werden wir ja nie erfahr'n!
Nonnen waren sie gewiß nicht!
Nee, det is nicht!
Hätten sie keen'n Mann gefunden,
wär die Welt schon längst verschwunden,

und die Liebe, ach herrjeh,
wär' passé.

Warum soll er nich mit ihr vor der Türe stehn,
warum soll er nich mit ihr mal konditorn gehn,
warum soll er nich mit ihr, wenn die Frühlingslüfte zart,
machen mal uff de Spree eene Mondscheinfahrt?
Warum soll er nich mit ihr mal 'n Witz riskier'n,
warum soll er nich mit ihr mal die Liebe spür'n,
warum soll er nich mit ihr?
Warum soll er nich mit ihr?
Na, die Mutter, die war früher auch mal sehr dafür!

Fritze Bollmann wollte angeln

Zu Brandenburg uff 'm Beetzsee,
da steht 'n Äppelkahn,
und darin sitzt Fritze Bollmann
mit seinem Angelkram.

Fritze Bollmann wollte angeln,
dabei fiel die Angel rin.
Fritze Bollmann wollt' se langen,
dabei fiel er selber rin.

Fritze Bollmann schrie um Hilfe:
„Liebe Leute, rettet mir;

denn ick bin ja Fritze Bollmann,
aus de Altstadt der Barbier!"

Und die Angel ward gerettet,
Fritze Bollmann, der ersoff,
und seitdem geht Fritze Bollmann
uff 'n Beetzsee nich mehr ruff.

Fritze Bollmann kam in'n Himmel:
„Lieber Petrus, laß mir durch;
denn ick bin ja Fritze Bollmann,
der Barbier von Brandenburch."

Und der Petrus hatte Mitleid,
und er ließ den Bollmann rin:
„Du kannst mir ja gleich balbieren,
komm mal her und seif mir in!"

Fritze Bollmann, der balbierte.
Petrus schrie: „O Schreck, o Graus!
Tust mir schrecklich massakrieren,
so was hält kein Deubel aus!

Uff der großen Himmelsleiter
kannste wieder runterjehn,
kratz man unten feste weiter.
Ick laß mir 'n Vollbart stehn!"

Hochzeit bei Zickenschulze

Kinnerkins, seid bloß nich dumm,
looft nich lange ledig rum!
Heiraten ist manchmal schön,
ick hab's neulich erst geseh'n.
Zickenschulze aus Bernau
nahm sich schon die vierte Frau,
und nun hab'n wir dann die Nacht
ooch die Hochzeit mitgemacht.
Ach, war det da gemütlich,
hab'n wir uns wohlgefühlt!
Gegessen und getrunken
und ooch verrückt gespielt.
Geknutscht mit kleene Meechen,
getanzt mit schönen Frau'n,
und zwischendurch, da hab'n sich
een paar ooch mal gehau'n!

Schulzes Tante Lieselott
fiel'n die Zähne ins Kompott,
und ihr Mann aß seinen Fisch
halb im Dusel unterm Tisch.
Und ick hab mir unentdeckt
zwölf Zigarren injesteckt,
gerne hätt ick ja noch mehr!
Bloß die Kiste war dann leer.

Schulzes Schwiegermutter steppte mit Herrn Bock
und verlor dabei ihr'n woll'nen Unterrock.
Und der Großpapa hat wie verrückt gejazzt,
und dabei is ihm die Hosennaht geplatzt.

Bei der Kaffeetafel dann
fing der Fez erst richtig an,
denn der Klempnermeister Rau,
der war schon gehörig blau,
und er brüllte: ,,Hoppsassa,
jetzt spiel'n se Valencia!
Olle, komm, du kannst was lern'
ick tanz jetzt mit dir modern!"
Nu wollt' er rechtsrum tanzen,
da hat es nicht geklappt,
nu wollt' er's links probieren,
da hat er Pech gehabt.
Ein Blech mit Pflaumenkuchen,
schön delikat und frisch,
blieb ihm am Gehrock hängen
und fiel dabei vom Tisch.

In demselben Augenblick
rutscht der Klempner nu zurück
über'n Pflaumenkuchen aus
und macht Marmelade draus.
Haut dabei im Angstgefühl,
weil er sich wo halten will,
einem Kellner, der da stand,
'n vollen Milchtopp aus der Hand.

Und die ganze Milch, det war direkt zum Schrei'n,
floß der Klempnerfrau in'n Blusenausschnitt rein.
Und ick fand das ooch noch gar nicht mal verkehrt,
denn die Milch, die wußte, wo se hingehört!

Nach dem Pflaumenkuchenfall,
da gab's 'nen anderen Krawall.
Zickenschulze schrie voll Schreck:
„Kinner, meine Frau ist weg!"
Und nun suchten alle Mann,
und im Garten war se dann,
wo se heimlich ungeniert
mit ihrem Schwager rumpoussiert.
Voll Wut nahm Zickenschulze
'ne Latte von dem Zaun
und hat damit den Schwager
und ooch die Frau verhau'n.
Und alle Hochzeitsgäste,
die nahmen nun Partei,
und binnen zwee Minuten
gab's die schönste Klopperei!

Als ick sah, wie alles knufft,
dacht' ick: „Hier ist dicke Luft!"
Und ick schlängelte wie'n Aal
mich nach rückwärts in den Saal
vorsichtshalber an die Wand,
wo das volle Bierfaß stand.
Und ick dachte: „Haut euch man,
ick fang' jetzt zu picheln an!"

Doch bald herrschte wieder Einigkeit im Saal,
und nun freu'n sich alle schon aufs nächste Mal.
Wenn sich Zickenschulze wieder scheiden läßt –
Kinnerkins, dann gibt's noch mal so'n schönes Fest!

Bolle reiste jüngst zu Pfingsten

Bolle reiste jüngst zu Pfingsten,
nach Pankow war sein Ziel,
da verlor er seinen Jüngsten
janz plötzlich im Jewühl.
Drei volle Viertelstunden
hat er nach ihm jespürt:
Aber dennoch hat sich Bolle
janz köstlich amüsiert.

In Pankow gab's kein Essen,
in Pankow gab's kein Bier,
war alles aufjefressen
von all den Leuten hier.
Nicht mal 'ne Butterstulle
hat man ihm reserviert:
Aber dennoch hat sich Bolle
janz köstlich amüsiert.

In der Schönholzer Heide,
da jab's 'ne Keilerei,
und Bolle, jar nich feige,
war feste mit dabei.
Das Messer rausjezogen
und fünfe massakriert:
Aber dennoch hat sich Bolle
janz köstlich amüsiert.

Es fing schon an zu tagen,
als er sein Heim erblickt.
Sein Hemd war ohne Kragen,
das Nasenbein zerknickt,
ein Auge ausgelaufen,
die Ohren marmoriert:
Aber dennoch hat sich Bolle
janz köstlich amüsiert.

Als er nach Haus jekommen,
da jing's ihm aber schlecht,
da hat ihn seine Olle
janz mörderisch verdrescht.
Drei volle Viertelstunden
hat sie auf ihm poliert:
Aber dennoch hat sich Bolle
janz köstlich amüsiert.

Ein Jüngling hatte einen Schatz

Ein Jüngling hatte einen Schatz,
den sich sein Herz erkor.
Er wohnte am Luisenplatz
und sie am Hall'schen Tor.

Sie trafen sich, von Lieb entbrannt,
einst in 'nem Omnibus.
Drei Tage drauf in Moabit,
da kam's zum ersten Kuß.

Allein die Sache stand sehr schief,
denn bei der letzten Wahl:
Ihr Vater wählte konservativ,
der seine liberal.

Bis endlich faßt das Pärchen Mut,
gesteht's den Vätern ein.
Doch diese in Parteien-Wut,
sie schreien beide: Nein!

Und als sie las beim Morgenlicht
die Tante Voß, o weh,
da stand im Polizeibericht,
man fand ihn in der Spree.

Sie sah den Rabenvater an
mit einem Rabenblick,
zur Schwefelsäure griff sie dann
und sank entseelt zurück.

Und als des Mondes Licht so bleich
am Himmel ging herauf,
da hängten sich am Goldfischteich
die beiden Väter auf.

Also die Moritat verlief
jüngst bei der letzten Wahl:
Ihr Vater starb konservativ,
der seine liberal.

Unsre Stadt Berlin is doch ganz schön

Bis früh um fünfe, kleine Maus

Denkste denn, denkste denn,
du Berliner Pflanze,
denkste denn, ick liebe dir,
weil ick mit dir tanze?

Denkste denn, denkste denn,
det ick darum weene?
Wenn de mir nich lieben tust,
dann lieb ick mir alleene!

Lieber Leierkastenmann

Jeder schimpft heut auf Berlin,
alle aber loben Wien,
überall steht ein Tenor
und singt Wiener Lieder vor.
Niemals hörte ich in Wien
Lieder aus der Stadt Berlin,
doch, ich muß euch eingestehn,
ich find sie genauso schön;
es braucht nicht gleich von Mozart sein,
es kann vielleicht auch so zart sein:

Lieber Leierkastenmann,
fang noch mal von vorne an
deine alten Melodien
von der schönen Stadt Berlin.
Stehst du unten uff 'n Hof,
wir mir jleich ums Herz janz doof;
noch eenmal so 'n junget Blut sein,
noch eenmal im Tanz sich zärtlich drehn.
Laßt man, Kinder, laßt man jut sein,
unsre Stadt Berlin war doch ganz schön.

Mutter blickt so freundlich drein,
wickelt ihren Sechser ein;
sie, die sonst so spart im Haus,
schmeißt det Jeld zum Fenster raus!

Unten hebt es auf een Kind
mit der Aufschrift ,,Jänzlich blind!"
Allen Leuten weit und breit
tut det arme Meechen leid.
Ist blind die arme Kleine ooch,
den Sechser aber sieht se doch.

Lieber Leierkastenmann,
fang noch mal von vorne an,
von dem schönen Spree-Athen,
wo sojar de Blinden sehn.
Wo der Mann auf eenem Bein
abends packt die Krücke ein;
plötzlich kann er wieder loofen,

denn des Abends ist er auf'm Kien,
und da jeht der Junge schwoofen,
dafür stammt er schließlich aus Berlin.

Lotte, denkst du noch daran,
wie einst unser Glück begann?
Ick saß in der Linie vier
eines Tages neben dir.
Beide sprachen wir keenen Ton,
plötzlich hieß es „Endstation!"
Doch wir fuhren beede stumm
noch mal um Berlin herum.
Der Schaffner sagte bloß mal so:
„Um zwölfe fahr'n wa ins Depot."

Lieber Leierkastenmann,
fang noch mal von vorne an
deine alten Melodien
von der Liebe erstem Jrün;
spiel noch mal det alte Stück
von dem ersten zarten Glück;
sing noch mal die alte Weise,
wenn die Herzen lichterloh erglühn,
fahren auf die Hochzeitsreise
mit der Linie vier durch Groß-Berlin.

Manchmal träum ick nachts davon,
ick sitz wieder am Balkon.
Oben vom Geranientopp
tropft's den Leuten uff 'n Kopp.

An der Ecke Nummer drei
liegt die kleene Bäckerei,
und der Drahthaarterrier kläfft
immer noch vor 't Milchgeschäft.
Doch wach' ick auf des Morgens kaum,
dann seh ick, es war nur ein Traum.

Lieber Leierkastenmann,
laß durch deines Liedes Bann
mich noch mal in Nummer zehn
durch die alten Räume jehn,
wo ick meine Frau einst nahm,
unser erster Junge kam,
noch mal in der Küche sitzen,
wenn im Herd die Kohlen still verglühn;
'n Kopp in beede Hände stützen,
und dann laß mich träumen von Berlin.

Erst kamen die Blusen, die Kleider

Sie war in der Leipziger Straße
in einem Modesalon,
ein Sprühteufel, keck und voll Rasse,
sie hatte Chic und Façon.
Und eines Tags hat er sie endeckt,
der Zufall ließ ihn sie finden,
sie stand zwischen Seide und Spitzen versteckt
am letzten Lager ganz hinten.
Erst kommen die Blusen und Kleider,
und dann die Jupons voller Plis,
darauf die Dessous und so weiter,
und dann, und dann kam sie.

Er kaufte pro forma ein Bändchen
und schnell, damit keiner es seh',
drückt er ihr 'nen Zettel ins Händchen:
„Heut abend zehn Uhr Séparée."
Er wartet dann zur bestimmten Zeit
im lauschigen Eckchen alleine;
der Sekt stand im Kübel längst schon bereit,
zum Teufel! wo bleibt nur die Kleine?
Da rauscht es wie schleppende Kleider,
da rascheln Jupons voller Plis,
da knistern Dessous und so weiter,
und dann, und dann kam sie.

Der Diener serviert, dann verschwand er
und ließ sie beide allein.
Erst küßt ihr Händchen galant er,
sie sprach: „Aber bitte, ach nein!“
Die Stimmung war köstlich und wunderbar,
der Sekt schäumte, sie lachten fröhlich,
und bei der dritten Flasche war
er glücklich und sie war selig.
Erst kamen die Blusen und Kleider,
und dann die Jupons voller Plis,
darauf die Dessous und so weiter,
und dann, und dann kam sie.

Pflaumen-Walzer

Hans und Lottchen spielten im Garten,
es war zur Frühstückszeit,
und sie konnten's kaum noch erwarten,
so hungrig war'n sie beid,
da Mama die Stullen nicht brachte,
so lutschten sie am Daum'
plötzlich Hans zu Lottchen dann sagte:
„Sieh mal den Pflaumenbaum!
Oh, wär doch bloß 'ne Leiter hier,
dann brächt' ich Pflaumen Dir!"

Denn an dem Baume da hängt 'ne Pflaume,
die möcht ich gerne hab'n!
Am andern Baume hängt noch 'ne Pflaume,
die möcht ich ooch gern hab'n!
So nimm se du se dir se,
so nimm se dir se doch!
Die eene hat 'ne Made, die andre hat een Loch!

Wie nun beide sehnend so harrten
am Baume voll Begier,
kam die Köchin grad in den Garten,
da sagte Hans zu ihr:
„Juste, hol die Pflaumen runter!"
„Gern!" sprach sie, „wenn ick kann!"
Nach den Zweigen langt sie nun munter,

doch reichte sie nicht ran!
Sie sagt: ,,Würd' gern gefällig sein,
doch seht, ich bin zu klein!"

Denn an dem Baume da hängt 'ne Pflaume,
die möcht ich gerne hab'n!
Am andern Baume hängt noch ne Pflaume,
die möcht ich ooch gern hab'n!
So nimm se du se dir se,
so nimm se dir se doch!
Die eene hat 'ne Made, die andre hat een Loch!

Mitleidsvoll betrachtet die Juste
das kleine Kinderpaar,
da kam 'ne Jestalt, ne jroße robuste,
was Fritz der Hausknecht war.
Dieser, von Natur schon sehr helle,
holt nun in schnellem Lauf

schleunigst eine Leiter zur Stelle
und Juste klettert rauf.
Nun langt sie nach dem Baume hin
und dacht' in ihrem Sinn:

Denn an dem Baume da hängt 'ne Pflaume,
die möcht ich gerne hab'n!
Am andern Baume hängt noch 'ne Pflaume,
die möcht ich ooch gern hab'n!
So nimm se du se dir se,
so nimm se dir se doch!
Die eene hat ne Made, die andre hat een Loch!

Bis früh um fünfe, kleine Maus

Bis früh um fünfe, kleine Maus,
da gehn wir sicher nicht nach Haus!
Wenn auch der Hahn schon kräht,
die Sonn' am Himmel steht,
da machen wir uns gar nichts draus!

Die kleine Bank am Großen Stern

Die kleine Bank am Großen Stern,
die hab ich lieb, die hab ich gern.
Die weiß so viel von Dir und mir,
und darum geh ich oft zu ihr.
Sie läßt uns von der Liebe träumen,
bis wir den letzten Zug versäumen.
Die kleine Bank am Großen Stern,
die hab ich lieb, die hab ich gern.

Bei uns in Tempelhof

Wat hab'n wir for 'ne Kirche
bei uns in Tempelhof?
Die Kirche is mit Stroh gedeckt,
da hab'n die Mäuse drin geheckt.
Ja, ja, ja, bei uns in Tempelhof.

Wat hab'n wir for 'ne Orgel
bei uns in Tempelhof?
Die Orgel, die is gar nicht da,
da spielt man Mundharmonika.

Wat hab'n wir for 'n Küster
bei uns in Tempelhof?
Des Sonntags is er Organist,
in der Woche fährt er Pferdemist.

Wat hab'n wir for 'ne Schule
bei uns in Tempelhof?
Die Schule is aus Lehm gebaut,
die wackelt, wenn der Lehrer haut.

Wat hab'n wir for 'ne Feuerwehr
bei uns in Tempelhof?
Die kommt erst immer angerannt,
wenn allens schon is abgebrannt.

Wat hab'n wir for 'n Barbierer
bei uns in Tempelhof?
Der spuckt die Leute ins Gesicht,
da braucht er keene Seefe nich.

Wat hab'n wir for 'n Bäcker
bei uns in Tempelhof?
Der Bäcker beißt die Schrippen an
und sagt, das Ende war nich dran.

Wat hab'n wir for 'n Maurer
bei uns in Tempelhof?
Der schiebt die Steine hin und her
und denkt: Wenn't bloß erst sechse wär!

Wat hab'n wir for 'n Schuster
bei uns in Tempelhof?
Der Schuster is 'n böser Mann,
der klebt die Sohlen mit Spucke an.

Das ist Berlin!

Das ist Berlin, Berlin, die ewig junge Stadt,
das ist Berlin, die Stadt, die meine Liebe hat,
genau im Mittelpunkt der Welt
hat sie der Herrgott hingestellt!

Du mein Berlin, Berlin, du Perle an der Spree,
wer dich erst kennt, Berlin, der sagt dir nie: „Adieu!“
Denn deinem Zauber kann man niemals mehr entflieh’n,
du mein Berlin, Berlin, Berlin!

Stralauer Fischzug

Auf, lasset uns nach Stralau gehn!
Man kann dort mit Vergnügen sehn
sehr viele Gegenstände
von Anfang bis zu Ende.

Potz alle Welt! seht nur einmal
so viele Tausend an der Zahl,
die kommen angelaufen,
und das in ganzen Haufen.

Schöne Jungfern, Junggesellen,
stille Köpfe und Rebellen,
junge Väter, Großpapa,
sehr geplagt vom Podagra.

Kupplerinnen und Koketten,
die dort werben durch Stafetten,
Damen, zart und schön von Wuchs,
und mit Augen wie ein Luchs.

Gurkenjungen, Kuchenkrämer,
Riemchenstecher, Geldabnehmer,
Visitator bei den Taschen
suchen auch etwas zu haschen.

Marketender sieht man fahren,
Höker auch in ganzen Schaaren,
häßlich, schmutzig, jung und alt
und von allerlei Gestalt.

Modenträger, Schwedenzöpfe,
hin und wieder Patentzöpfe;
mancher trägt die Waden vorn,
mancher reit't zu Fuß mit Sporn.

Alles ist für Geld zu haben,
daß ihr euer Herz könnt laben,
Kaffee, Zucker und Zwieback,
habt ihr nur brav Geld im Sack.

Hat man dann nach ein'gen Stunden
durch die Menge sich gewunden,
wird man hungrig, müd und matt
und kriegt bald den Jubel satt.

Doch das Fest geht nun zu Ende,
also schließ ich auch behende,
was ich hab in Reime bracht.
Drum für heute: Gute Nacht!

Eckensteher Nante

Det beste Leben hab ick doch,
ick kann mir nich beklagen,
pfeift ooch der Wind durch't Ärmelloch,
det will ick schon vertragen.
Det Morgens wenn mir hungern tut,
eß ick ne Butterstulle;
dazu schmeckt mich der Kümmel jut
aus meine volle Pulle.

Ick seh manchmal, wenn große Herrn
hinein ins Weinhaus gehen,
da steh ick denn so still von fern,
tu uff den Kümmel sehen
und denk bei mir: 's is ganz ejal,
ob Wein, ob Schnaps im Glase,
von beeden kricht man allemal
doch eene rote Nase.

Komm ick des Abends nu zu Haus,
will meine Olle brummen,
da lang ick bloß die Pulle raus,
un gleich tut sie verstummen.
Sie nimmt 'nen Schluck, und das beweist,
wie schätzenswert die Gabe:
Der Kümmel is mein guter Geist,
durch den ick Ruhe habe.

Nee, nee, der Nante is nich dumm,
nachgrade kriegt er Bildung,
er dient ja stets dem Publikum,
das sieht man an die Schildung.
Zu ihrem Dienst sehr gern bereit,
wenn Sie's befehlen, tanz ich,
und hat der Nante sie erfreut,
da jubelt zwee und zwanzig.

Sie können dreist auf Nanten bau'n,
hab'n Sie mal wat zu fragen.
Uff eens doch müssen Sie stets schau'n,
das will ich Ihnen sagen:
Ich trag zwar allens leicht und schwer
grad ohne alle Pause;
doch bringen Ihre Gunst sie her,
die trag ick mir zu Hause.

Jroße Schnauze, jroßes Herz

Es jeht doch nischt über Berlin

Wenn meine Frau nich hören will,
dann weeß ick, wat ick tu:
ick steck se rin in Habersack
und bind'n oben zu.

Und wenn se dann noch bitten tut:
„Ach lieber Mann, mach uff!"
Denn bind ick 'n noch fester zu
und setz mir oben druff!

Es jeht doch nischt über Berlin

Kinder, ach wie is det fein,
wieder in Berlin zu sein,
wieder in die Spree zu spucken,
sich die Linden anzugucken
und das Brandenburger Tor!
Mensch, wie komm ick mir bloß vor!
Rückt doch etwas näher ran,
daß ick es euch flüstern kann:

Es jeht doch nischt, nischt, nischt über Berlin!
Ja, det erfrischt, frischt, frischt wie Medizin!
Ach tut det jut, jut, jut,
atme ick det in!
Und det rieselt, Junge, Junge,
durch de Neese in de Lunge,
und man spürt es uff de Zunge.
Es jeht doch nischt über Berlin!

Janz weit weg von Berlin

Janz weit weg, janz weit weg,
mußte sein von Berlin,
denn erst dann wird dir klar,
wat de hast an Berlin!
Wo die Sterne bei Nacht
überm Tierjarten stehn,
ja, da möchste dann sein
und verliebt spazieren jehn!
Und du träumst, und du träumst
von der Bank an der Spree,
von der Luft und dem Duft
dort am Jrunewaldsee.
Und du fährst, wenn im Frühling
die Linden wieder blüh'n,
janz, janz schnell,
janz, janz schnell nach Berlin.

Es geht doch nischt über'n bißchen Natur

Ick kann die Botanik nu mal nicht verachten,
mich zog der Busen der Natur zu sich zurück,
ick konnte mir vor Jahr'n een kleenen Jarten pachten,
und dieser Jarten is mein janzes jroßes Jlück!
Er stärkt mir Jeist, Seele und Jlieder.
Ick denk mir immer, immer wieder:
Es geht doch nischt übern bißchen Natur,
das is für 'n Städter direkt wie 'ne Kur!
Allein die Aussicht – zwar nicht auf Wasser und auf Wald,
doch dicht vor mir liegt wie 'n Schiff 'ne jroße Jasanstalt.

Es geht doch nischt übern bißchen Natur,
die nahe S-Bahn stört ooch keene Spur!
Und fliegt vom Schuttabladeplatz mir ooch viel Dreck in die
Frisur:
es geht doch nischt übern bißchen Natur.

Ick pflanze Wirsingkohl, Rharbarber, Dill und Zwiebel,
det is jesund, drum bin ick immer auf 'n Kien;
vergeblich droht mir oben von een hohen Giebel
die Großreklame für een Trauermagazin.
Ick saug mir den Ozon raus aus dem Äther,
von der Fabrik weht leise der Salpeter.
Es geht doch nischt übern bißchen Natur,
das ist für 'n Städter direkt wie 'ne Kur!

Im Sägewerk nebenan gehn Sägen unentwegt,
doch sag ick mir: Ooch im Schwarzwald wird ja mal gesägt!

Es geht doch nischt übern bißchen Natur,
mich stört der Fußballplatz drüben keene Spur!
Und dröhnt vom Rummel fuffzigmal am Tag ooch ,,parlez-
moi d'amour!"
Es geht doch nischt übern bißchen Natur.

Bloß in de Liebe stell ick mir wohl an wie 'n Doofer –
mir hat janz selten eener zärtlich zujenickt.
Ick muß in 'n Kientopp jehn und denk bei Tyron Power,
det ick die Holde bin, die er ans Herze drückt.
Seit jestern ist mir der nich mehr so wichtig,
meen Nachbar küßte mir joldrichtig.
Ja, – es geht doch nischt übern bißchen Natur!
Was er mir sagte, det klang wie 'n Schwur,
doch hab ick seine Worte nich janz mitjekriegt,
weil meine Laube direkt in der Einflugschneise liegt.

Es geht doch nischt übern bißchen Natur.
Mein Bräutigam hat 'ne janz jewalt'je Temperatur!
Wir beiden merkten selbst vom nahen Rieselfeld nich mehr
die Spur:
Es geht doch nischt übern bißchen Natur.

Ach Ernst, ach Ernst, ach Ernst, was du mir alles lernst!

Ernestinchen, jung von Jahren,
doch gewiß nicht unerfahren,
war dem Ernst, 'nem jungen Mann,
heiß und innig zugetan.
Auf 'nem Fest bei der Verwandtschaft
machte sie mit Ernst Bekanntschaft,
er lud sie zum Stelldichein,
und sie stellte sich auch ein.
Hocherfreut und ganz entzückt
flüstert sie so recht beglückt:
,,Ach Ernst, ach Ernst, ach Ernst,
was du mir alles lernst!
Von Dingen, die ich nie gewußt,
von ungewohnter Liebeslust!"

Selig ging'n sie durch den Garten,
Amor mischte schlau die Karten.
An 'nem stillen, lausch'gen Ort
tauschten sie manch Blick und Wort.
Und der Mond sah lieb hernieder,
doch der sagt ja nie was wieder.
Glücklich blickt er voller Freud
auf die beiden Liebesleut.
Bei 'nem süßen, langen Schmatz
flüstert sie: ,,Mein lieber Schatz!
Ach Ernst, ach Ernst, ach Ernst,

was du mir alles lernst!
Von Dingen, die ich nie gewußt,
von ungewohnter Liebeslust!“

Ach, wie waren beide glücklich!
Plötzlich spricht sie: „Ist's auch schicklich?
Lieber Ernst, mir wird so bang,
Mütterchen vermißt mich lang!
Sie rupft dann mit mir ein Hühnchen!“
„Oh“, sagt er, „mein Ernestinchen,
rede Muttern nur was vor!“
Küßt dabei sie auf das Ohr.
Und entzückt ruft Tinchen aus:
„Junge, du hast's aber raus!
Ach Ernst, ach Ernst, ach Ernst,
was du mir alles lernst!
Von Dingen, die ich nie gewußt,
von ungewohnter Liebeslust.“

Ich liebe dir, ich liebe dich
(gekürzt)

Ein Jüngling, ganz in Lieb entbrannt,
faßt der Geliebten weiche Hand
und seufzet Liebesklagen.
Spricht sie nun: „Ja, ich liebe dich!
Liebst du mir aber – oder mich?“
Dann wird er also sagen:

„Ich liebe dir, ich liebe dich,
wie's richtig is, das weeß ich nich,
und is mich ooch Pomade.
Wie, wenn ich lieb, es heißen muß,
zu suchen erst im Heinsius,
wär um die Liebe schade!

Ich liebe dir, ich liebe dich,
wie's richtig is, ich weeß es nich,
doch klopft mein Herz so schnelle!
Ich lieb dich uff 'n dritten Fall,
ich lieb dich uff 'n vierten Fall,
ich lieb uff alle Fälle!“

Wenn sie darauf nun sinnend steht,
in süßen Träumen sich ergeht
bei lautem Seufzen, Stöhnen,
dann hören wir aus Vaters Mund,

im Wahn, das Kind sei nicht gesund,
wohl solche Rede tönen:

„Ick wundre mir heut über dir,
du ißt und trinkst doch sonst for vier,
und heute will's nich schmecken?
Bedenke dir, du ißt so schlecht,
das ängstigt mir, is mich nich recht,
kannst du mir so erschrecken?

Irr ick mir nich, hast du, wie's scheint,
janz dicke Augen dir jeweint.
Komm her, mein Kind, setz dir bei mir,
dir stehn zu sehn, det jammert mir,
dir schwächt das lange Stehen!"

Der Berliner liebt Musike

Der Berliner liebt Musike,
die Musik liegt ihm im Blut.
Der Berliner braucht Musike,
denn Musik tut ihm so gut!
Hat der Rhythmus ihn gepackt,
schlägt sein Herz im frohen Takt,
gleich hat er den richt'gen Schwung,
und er fühlt sich jung!

Darum ist für ihn Musike
stets die beste Medizin!
Der Berliner braucht Musike,
die Musike von Berlin.

Im Grunewald ist Holzauktion

Im Grunewald, im Grunewald ist Holzauktion,
ist Holzauktion, ist Holzauktion.
Links um die Ecke rum, rechts um die Ecke rum,
überall ist große Holzauktion.
Links um die Ecke rum, rechts um die Ecke rum,
überall ist große Holzauktion.

Der ganze Klafter Süßholz kost' 'n Taler,
'nen Taler, 'nen Taler,
der ganze Klafter Süßholz kost' 'n Taler,
'nen Taler kost' er bloß!

Hier wird det Jemüt massiert

Es war in Schöneberg im Monat Mai

Ich laß mich nicht verführen,
dazu bin ich zu schlau.
Ich kenne die Manüren
der Männer ganz genau!

Die gute alte Blumenfrau

Jahre, die sind da, um zu vergehen,
doch man denkt so gern daran zurück.
Ist inzwischen auch so viel geschehen,
die Erinn'rung bleibt uns doch zum Glück.

Früher, wenn der weiße Flieder blühte,
schenkte man der Liebsten einen Strauß
und fuhr mit der Droschke erster Güte
Arm in Arm ganz langsam bis nach Haus ...

Die gute alte Blumenfrau vom Brandenburger Tor
denkt oft und gern an längst vergang'ne Zeit,
als sie noch Untern Linden stand am Brandenburger Tor,
doch das liegt weit zurück, so weit, so weit!
Und jedes Jahr im Frühling, wenn die Blumen neu erblüh'n,
hört sie sich rufen: „Veilchen, bitte schön!"
Sie läßt die alten Bilder still an sich vorüberzieh'n
und denkt: „Es war einmal, du gutes Alt-Berlin!"

Oh, du Berolina mia!

Zwei mir befreundete Familien
fahren dies Jahr nach Sizilien,
und Herr Lehmann schreibt mir jrad aus Rimini.
Ick kann mir leider – wie die meisten –
so 'ne teure Fahrt nich leisten.
Ick verreise nur ins Land der Phantasie,
denn wat ick krieje vom Kassierer,
langt bloß für den Reiseführer,
für die Reise, die da drinsteht, reicht es kaum,
drum sitze ick in der Saison
zu Hause still auf dem Balkon
und träume jedes Jahr denselben schönen Traum:

Ick stell mir vor, Berlin läg' in Italien,
viel heißer scheint die Sonne ooch nich in Messina.
Ick stell mir vor, Berlin läg' in Italien
und meine Wirtin wär' 'ne rassige Signorina.
Und ist der Wettergott zu uns ooch manchmal wenig gnädig
und läßt er uff Berlin die janzen Wolken spei'n,
kiek ick zum Fenster raus und denke: Klein-Venedig!
Denn sehr viel nasser kann's da nämlich ooch nich sein.
Wird es klar, seh ick die Sterne
wie vom Jarten der Taverne.
Oh, du Berolina mia, ick bleib bei dia!

Mein Nachbar jeht wohl jrad zu Tisch,
es riecht nach Öl, es riecht nach Fisch
da aus dem Fenster, wo die Trockenwäsche schwebt.
Ein Kind wird wach und macht viel Krach,
zwee Kater stiebeln übers Dach,
det ist doch Napoli, genau wie's leibt und lebt!
Wo der Verkehr da unten kreist,
seh ick den Markusplatz im Jeist.
Schon fliegt 'ne Taube her, wer hätte det jedacht!
Ick mach mir weis, die Taube kommt
direkt vom Markusplatze prompt,
und klacks, hat mir die Taube ooch wat weiß jemacht.

Ick stell mir vor, Berlin läg' in Italien,
bei uns da mangelt's nich an südlichen Motiven;
und fehl'n zur Reise mir die Kapitalien,
ick nehm in 'n Cocktail dafür immer drei Oliven!
Und abends hör ick manche flotte Tarantella,
det Radio schickt mir Torriani durch den Raum,
und die Salami uff dem Tella schmeckt mir bella,
so italienisch isset in Italien kaum.
Und ick zisch dabei mein Bia
wie in einer Osteria.
Oh, du Berolina mia, ick bleib bei dia!

Das war sein Milljöh

Aus 'm Hinterhaus
kieken Kinder raus,
blaß und ungekämmt,
mit und ohne Hemd;
unten uff'n Hof
ist ein Riesenschwof
und ick denk mir so beim Jehn:
Wo hast de das schon jesehn?

Das war sein Milljöh,
das war sein Milljöh,
jede Kneipe und Destille
kennt den guten Vater Zille.
Jedes Droschkenpferd
hat von dir gehört,
von NO bis Jottwede
das war sein Milljöh.

Selbst Berlin WW
liebt jetzt sein Milljöh,
und in jedem Stall
gibt's 'nen Zilleball.
Selbst Frau Hofrat Trumm
läuft als Göre rum,
wenn ihr Mann kommt, schreit se prompt:
Achtung, Achtung! Sitte kommt!

Und ich selber steh
hier als dein Milljöh,
wie du selbst es tatest schildern,
bin ein Bild von deinen Bildern.
Schnauze vorneweg,
doch das Herz am Fleck,
von der Tolle bis zum Zeh,
das war sein Milljöh.

Dieses kleine Lied,
das wir still dir weih'n,
will nicht, wie man sieht,

literarisch sein.
Gleichfalls strebt es nicht
nach des Reichtums Gunst,
wenn es nur zum Herzen spricht,
dieses Straßenkind der Kunst.

Denn auch sein Milljöh
war einst dein Milljöh,
wie die Welt durch deine Brille
dir erschienen, Vater Zille.
Ruhst im letzten Haus
nun vom Leben aus,
von der Menschen Lust und Weh –
das war sein Milljöh.

Heimweh nach dem Kurfürstendamm

Ich hab so Heimweh nach 'm Kurfürstendamm,
hab so 'ne Sehnsucht nach meinem Berlin!
Und seh ich auch in Frankfurt, München,
    Hamburg oder Wien
die Leute sich bemühn, Berlin bleibt doch Berlin!
Ich hab so Heimweh nach 'm Kurfürstendamm,
Berliner Tempo, Betrieb und Tamtam!
Hätt ich auch wo 'ne Wohnung, und wär sie noch so neu:
Ich bleib Berlin, meiner alten Liebe treu!

Überall, selbst in dem winzigsten Nest
gibt's Berliner in dieser Zeit.
Kommt einer aus Rixdorf, dann gibt's ein Fest
in aller Gemütlichkeit.
„Wißt ihr noch?" fängt einer an,
„was für ein Leben das war?
Da war wirklich alles dran,
Berlin war wunderbar!"

Kinder, ich singe ein Lied von Berlin,
von der Stadt, die mir alles ist!
Jetzt können wir endlich mal wieder hin,
wie hab ich die Luft vermißt!
Ist das denn nicht wunderschön,
daß die Blockade passé

und wir wieder Lichter sehn
am grünen Strand der Spree!

Alles, was gut war, das kommt mal zurück,
wenn darüber auch Zeit vergeht.
Aus Glück wurde Pech, und aus Pech wird Glück,
solang sich die Welt noch dreht!
Unser Brandenburger Tor
hat schon vieles gesehn,
und mit Schnauze und Humor
da wird's schon weitergehn!

Die Zille in Spandau bei Berlin

Frühmorjens, da angl' ick in Ruh'
und rooch meene Pfeife dazu.
Am Abend kommt Anna zu mir,
dann spiel ick det Schifferklavier.
Und wenn ick verheiratet bin,
komm' die Jören in de Zille mit rin.
Und wenn se nachts ooch mal schrei'n,
dann schunkelt die Zille se ein.
Ja, soone Zille is doch zu schön,
da bin ick mein eigner Kap'tän!

Mein Freund hat eene Zille,
Zille, Zille, 'ne nagelneue Zille,
in Spandau bei Berlin.

Ooch ick möcht eene Zille,
Zille, Zille, 'ne nagelneue Zille,
in Spandau bei Berlin.

Es ist meen fester Wille:
ick koof mir ooch 'ne Zille!
Und fahr in aller Stille
von Spandau nach Berlin.

Zille: Berliner Ausdruck für Kahn

Das war in Schöneberg, im Monat Mai

War es denn nicht wunderschön,
wie wir uns vertrugen?
Und beim in die Schule gehn
alle Kinder schlugen.
Und wie schön wir außerdem
beide immer spielten
und mit Kügelchen aus Lehm
nach der Muhme zielten.
Und dann rauschte sie empört
fort zu unsrer Freude,
wenn den Rücken sie gekehrt,
küßten wir uns beide.
Keiner hat uns zugesehn,
drum war's grad so schön.
Das war in Schöneberg
im Monat Mai,
ein kleines Mädelchen
war auch dabei.
Das hat den Buben oft
und gern geküßt,
wie das in Schöneberg
so üblich ist.

Und wenn schlechtes Wetter kam,
spielten wir Soldatchen.
Oder Braut und Bräutigam

oder Muttchen, Vatchen.
Unser ältestes Kindelchen
war die große Puppe,
Vater wusch die Windelchen,
Mutter kocht die Suppe.
Für die Puppen und für dich
war ich der Beschirmer,
und jetzt läßt du uns im Stich,
mich und meine Würmer.
Und mit traurigem Gemüt
singt Mama das Lied:
Das war in Schöneberg
im Monat Mai,
ein kleines Mädelchen
war auch dabei.
Das hat den Buben oft
und gern geküßt,
wie das in Schöneberg
so üblich ist.

Wenn eener weeß, wie eenen is
(gekürzt)

Wenn eener weeß, wie eenen is,
wenn eener eenen nimmt,
wenn wabblich een um't Herze is,
denn weeß ick 's wohl bestimmt.

Wenn eener weeß, wie eenen is,
wenn eenen man jenießt,
denn weeß ick's wohl, wie wohl et tut,
wenn man denn een uffgießt.

Ooch wenn spazieren ick tu jehn,
nehm' ick mir eenen mit,
wenn ja denn schlimm mich werden tut,
wird eener uffjeschütt.

Drum is det beste allemal,
wenn eener eenen hat,
mag eener sind, wo eener will,
vor't Tor wie in de Stadt.

Durch Berlin fließt immer noch die Spree

Durch Berlin fließt immer noch die Spree,
dichte bei ist noch der Müggelsee,
ringsherum blüht noch der Grunewald,
wo's was Grünes gibt, für jung und alt!
Wenn die tollsten Dinge in der Welt passier'n,
der Berliner wird nicht den Humor verlier'n!
Er hält stolz die Nase in die Höh:
Denn durch Berlin fließt immer noch die Spree!

Fahr'n wa so jemütlich

Fahr'n wa so jemütlich
uff de Pferdebahn,
det eene Pferd, det zieht nich,
det andre, det is lahm.
Der Kutscher kann nich fahren,
der Konduktör nich sehn,
und alle fünf Minuten
da bleibt die Karre stehn.

Et sitzt sich so jemütlich
so uff de Pferdebahn,
stillvergnügt und friedlich
fängt man Bekanntschaft an.
So dicht heranzurücken
an nette junge Herr'n,
das Drängeln und das Drücken,
det hab ick gar zu gern.

Laßt den Kopf nicht hängen

Laßt den Kopf nicht hängen,
Kinder, seid nicht dumm!
Dreht nach lust'gen Klängen
euch im Kreis herum!
Sich des Lebens freuen,
das ist weis' und klug,
man hat zum Bereuen
lang noch Zeit genug.

Daran jibt's keen Zweifel

Berlin bleibt doch Berlin

Lampenputzer ist mein Vater
am Berliner Stadttheater.
Meine Mutter wäscht Manschetten
für Soldaten und Kadetten.
Meine Schwester, die Gertrude,
steht in einer Selterbude.
Und mein Bruder, dieser Lümmel,
handelt mit Zigarettenstümmel.

Ach Jott, wat sind die Männer dumm

Ist mal ein Mädchen sauber, treu und fleißig,
und kocht und wäscht und plättet, und was weiß ich,
und plagt sich früh und spät bis in den Schlaf,
wat sagt der Mann dazu? „Recht brav, recht brav!"
Doch liegt so'n Reff bis zwölfe in de Betten,
tut nischt, trinkt Kaffee und raucht Zigaretten,
und wirft das Geld hinaus zum Zeitvertreib,
dann heeßt es jleich: „Det is een Rasseweib!"

Ach Jott, wat sind die Männer dumm,
wenn 'n Mädchen brav ist,
kiekt sich keener um.
Doch wenn se frech ist,
sind se jleich verliebt,
wat's doch for Stiesels mang de Männer jibt!

Bist du verliebt, dann machste dir recht scheene,
du wäschst de Hände dir und ooch de Beene.
Naht dir dein Schatz, dann kämmste dir jeschwind,
und wat noch mehr so wilde Sachen sind.
Du putzt die Nägel und die Zähne täglich,
frisierst dein Haar und badest ooch womöglich,
und wird nischt draus, wer jibt dir wat zurück?
Ach nee, die Liebe ist keen reines Jlück.

Ach Jott, wat sind die Männer dumm,
wenn's Mädchen brav ist,
kiekt sich keener um.
Doch wenn se frech ist,
sind se jleich verliebt,
wat's doch for Stiesels mang de Männer jibt!

Kurzum, ihr Männer seid janz faule Köppe!
Ihr kiekt ejal nur rin in alle Töppe.
Und weiter tut ihr nischt als Schabernack,
drum sag ick: ,,Fort mit euch, euch Lumpenpack!"
Wir wollen uns vom Mann emanzipieren,
wir woll'n keen Wort an keenen mehr verlieren.
Wir woll'n euch hassen, wenn das Herz auch bricht,
jawoll, dat woll'n wir. – Doch wir können's nicht.

Ach Jott, wat sind wir Weiber dumm,
am liebsten brächten wir euch Männer um.
Doch kommt so 'n Affe, sind wir jleich verliebt,
wat's for Kamele mang uns Weiber jibt!

Berlin bleibt doch Berlin

Berlin bleibt doch Berlin
da kannste nischt dran ändern!
Für uns bleibt doch Berlin
die Stadt von allen Ländern.
Und wenn wir in Berlin
durch unsre Straßen schlendern,
was wir dann sehn, das find'n wir schön:
Die alte Panke, die Krumme Lanke!
Stets auf dem Kien, sagen wir kühn:
Berlin bleibt doch Berlin!

Jeder kennt eine Stadt,
die seine Liebe hat
die Stadt, an die er immer gern und freudig denkt,
und an der sein Herz so hängt!
Fragt uns Berliner man,
wie man hier leben kann,
gemütlich wär' es doch hier keine Spur!
Na, sagen wir ihm nur:
Berlin bleibt doch Berlin ...

Wenn der Berliner reist,
denkt er voller Sehnsucht meist:
Wo gibt's denn auf der ganzen Welt noch mal so 'n Duft
wie uns're Berliner Luft!

Da wo die Molle zischt,
fühlt sich sein Herz erfrischt,
auch andre Städte find't er wunderbar,
aber eins ist ja wohl klar:
Berlin bleibt doch Berlin ...

Und dann schleich ick still und leise

Ick hab so manche tollen Zicken
wohl schon im Leben mitgemacht!
Am Tage hab ick meist geschlafen,
doch in der Nacht hab ick gewacht!
In Kaffeehäusern, Tanzlokalen
da hab ick meinen größten Zeck,
und oftmals ruft man unter Lachen:
„Von dem ist heut das Ende weg!"
Doch eines hab ick mir erhalten,
ein ausgesprochnes Pflichtgefühl.
Drum sag ick immer gegen Morgen:
„Nun mach 'nen Punkt, sonst wird's zuviel!"

Und dann schleich ick still und leise
immer an der Wand lang, immer an der Wand lang
heimwärts von der Bummelreise
immer an der Wand lang, immer an der Wand lang.
Zankt zu Haus ooch meine Olle
immer an der Wand lang, immer an der Wand lang.
Ja, ick bin 'ne tolle Bolle
immer an der Wand, an der Wand entlang!

Das macht die Berliner Luft

Berlin! Hör ich den Namen bloß,
da muß vergnügt ich lachen!
Wie kann man da für wenig Moos
den dicken Wilhelm machen!
Warum läßt man auf märk'schem Sand
gern alle Puppen tanzen?
Warum ist dort das Heimatland
der echt Berliner Pflanzen?

Ja, ja, ja, das ist die Berliner Luft, Luft, Luft,
so mit ihrem holden Duft, Duft, Duft,
wo nur selten was verpufft, pufft, pufft,
in dem Duft, Duft, Duft,
dieser Luft, Luft, Luft.
Das macht die Berliner Luft!

Ich frug ein Kind mit gelbe Schuh:
„Wie alt bis du denn, Kleene?"
Da sagt sie schnippisch: „Du? Nanu?
ick werd schon nächstens zehne!"
Doch fährt nach Britz sie mit Maman,
dann sagt die kleene Hexe
zum Schaffner von der Straßenbahn:
„Ick werd erst nächstens sechse!"

Ja, ja, ja, das ist die Berliner Luft, Luft, Luft,
so mit ihrem holden Duft, Duft, Duft,
wo nur selten was verpufft, pufft, pufft,
in dem Duft, Duft, Duft,
dieser Luft, Luft, Luft,
Das macht die Berliner Luft!

Der richtige Berliner gibt
sich gastfrei und bescheiden.
Drum ist er überall beliebt,
und jeder kann ihn leiden.
Wenn sonst man: ,,Mir kann keener!" sagt,
so sagt in jedem Falle,
wenn's dem Berliner nicht behagt,
er sanft: ,,Mir könn'se alle!"

Ja, ja, ja, das ist die Berliner Luft, Luft, Luft,
so mit ihrem holden Duft, Duft, Duft,
wo nur selten was verpufft, pufft, pufft,
in dem Duft, Duft, Duft,
dieser Luft, Luft, Luft.
Das macht die Berliner Luft!

Der Überzieher

Kennen Sie denn die Geschichte
von dem Überzieher schon,
den sich kaufte der Herr Fichte
bei der Firma Stief und Sohn?
Dieser Paletot war 'n Prachtstück,
und der Preis war gar nicht stark;
neunundvierzig Mark und achtzig,
nicht mal ganze fünfzig Mark.
Der Herr Stief sprach: „Sei'n Sie froh!
's ist mein schönster Paletot.
Geb'n Sie acht – auf die Pracht!
's wird gestohl'n bei Tag und Nacht.
Sind Sie mal – im Lokal,
häng'n Sie 'n vor sich auf im Saal,
schau'n Sie 'n dann – immer an,
bleibt der Überzieher dran.
Sehn Sie weg – von dem Fleck,
ist der Überzieher weg!"

Fichte ging ins Wirtshaus leider.
Dort war 'n Zettel angebracht:
„'s gibt kein'n Raum für Überkleider,
jeder Gast geb' selber acht!" –
Einen Haken fand Herr Fichte
hinten nur – 's war ärgerlich,
darum dreht er sein Gesichte,

hängt den Mantel hinter sich –
und nun saß er wie gebannt,
schaute immer nach der Wand.
„Ist er weg – ist er hier?
Ja, da hängt der Überzieh'r.
Ist er hier? Ist er weg?
Nein, er hängt noch auf dem Fleck.
Schau ich stier – hinter mir,
hab ich meinen Überzieh'r.
Seh ich weg von dem Fleck,
ist der Überzieher weg."

Fichte rief nun: „Kellner, Essen!"
Der bracht's Essen ihm und ging.
Nun hat Fichte nicht vergessen,
daß der Mantel hinten hing.
Denn ihm schien – das war gefährlich –
als ob alle Gäste hier
schauten gierig und begehrlich
nur nach seinem Überzieh'r.
Darum kam's, daß, als er aß,
er den Mantel nicht vergaß.
„Essen hier – da das Bier,
und da hängt der Überzieh'r.
Oben kau'n – hier verdau'n –
und dabei nach hinten schau'n.
Schau ich stier – hinter mir,
schmeckt kein Essen und kein Bier,
seh ich weg von dem Fleck,
ist der Überzieher weg."

Nun mag sein: Durch die Bewegung,
durch das Drehen beim Souper
kam sein Korpus in Erregung,
und er kriegte Magenweh.
,,Gut", sagt er, ,,das geht vorüber."
Wollt' zu der bewußten Tür,
die ihm grade gegenüber –
,,Halt", denkt er, ,,der Überzieh'r!"
Setzt sich wieder hin ganz sacht
und hat kummervoll gedacht:
,,Wenn zur Tür – ich marschier,
nimmt man mir den Überzieh'r.
In der Eck' – im Versteck
gehen die Magenschmerzen weg.
Bleib ich hier – im Revier,
bleib'n die Magenschmerzen mir.
Geh ich weg von dem Fleck,
ist der Überzieher weg."

Ja, da gibt es nichts zu lachen,
gab es so etwas wohl früh'r?
Mußt man sich da Sorgen machen
wegen einem Überzieh'r?
Stundenlang konnt' man da sitzen
hinter der bewußten Tür
und braucht' keine Angst zu schwitzen
wegen seinem Überzieh'r.
Man ging raus, das ist doch klar,
wenn Gefahr ,,im Anzug war".
Man saß froh – anderswo

und da hing der Paletot.
Kam zur Tür – man herfür,
sah man seinen Überzieh'r.
Spürt man heut – inn'res Leid,
denkt man erst an's Überkleid.
Geht man weg – von dem Fleck,
ist der Überzieher weg.

So dacht' Fichte – und blieb sitzen.
Aber schließlich mußt' er raus.
Plötzlich sprach er: „Das wird nützen:

Trittst jetzt mit dem Mantel aus!
Brauchst ihn ja nicht anzuziehen,
das erschüttert dich zu sehr.
Nimmst ihn übern Arm beim Fliehen
und kommst nachher wieder her."
Er stand auf und – setzt sich hin;
alles fuhr ihm durch den Sinn:
„Essen, Bier – kriegt' ich hier,
hab noch nicht bezahlt dafür,
Magenschmerz – drückt mein Herz
und der Kellner anderwärts.
Wart ich prompt – bis er kommt,
weiß ich nicht, ob's mir frommt.
Geh ich weg – von dem Fleck,
ist der Überzieher weg.

Nehm ich mir – 'n Überzieh'r
übern Arm, schaut man nach mir,
denn der Raum, der mein Traum,
ist zwei Schritt vom Ausgang kaum.
Steh ich auf – und ich lauf
mit dem Rock – hält man mich auf!
‚Nicht vom Fleck! – Der will keck
mit 'nem Überzieher weg.'
Alles schwirrt, kracht und klirrt,
bis der Wirt gerufen wird.
Schließlich irrt – auch der Wirt,
schimpft mit mir und wird verwirrt.
's kommt ein Gast – und der faßt
meinen Mantel voller Hast

und ruft keck: ‚Dieser Geck
nahm mir ’n Überzieher weg!‘

Will ich dann – zu dem ran,
kommt der Kellner hinten an:
‚Bleib’n Sie hier! – Nicht zur Tür!
Zahl’n Sie erst die Zeche mir!‘
Bis ich zahl – voller Qual,
ist der raus aus dem Lokal,
ich am Fleck – ohne Zweck
und der Überzieher weg.
Bis ich näh’r – das erklär,
dazu drängt die Zeit zu sehr.
Das Malheur – kommt vorher –
hab den Gang nicht nötig mehr. –
Wie ich’s mach, – ’s gibt ’nen Krach,
da hilft auch kein Weh und Ach!
Hab den Schreck – und den Dreck
und den Überzieher weg!“

Untern Linden

Untern Linden, untern Linden,
gehn spazier'n die Mägdelein!
Wenn du Lust hast anzubinden,
dann spaziere hinterdrein!
Wenn du an der Kranzlereck' bist,
sagt sie dir doch, daß du keck bist,
bist du am Pariser Platz,
schwuppdich! ist sie schon dein Schatz!

Das ist der Frühling von Berlin

Das ist der Frühling, das ist der Frühling,
das ist der Frühling von Berlin!
Wo zwischen Flieder und Jasmin
die allerschönsten Mädel blüh'n!
Das ist der Frühling, das ist der Frühling,
das ist der Frühling von Berlin!
Und wer kein Mädel hat, dem hilft nur eine Stadt:
Das ist Berlin, das ist Berlin!

Berliner Jungens, die sind richtig

Berliner Jungens, die sind richtig.
Berliner Jungs sind auf dem Kien.
Mit keinem Sechser in der Tasche
da sag'n se keß ,,Wat kost' Berlin?"
Und wenn auch manche Leute schimpfen,
oh, diese Bengels sind mit Recht so sehr verschrie'n!
Berliner Jungens, die sind richtig.
Ja solche hellen Jungs, die jibt's nur in Berlin.

Gustav, Emil, Hein und Fritze,
seid ihr alle da?
Dieter, Hermann, Anton, Otto,
schreit mal alle: ,,Ja!"

Wir woll'n einen Chorus singen,
alle soll'n es hör'n,
auf die kessen, doch so lieben
echt Berliner Jör'n.

Wer ist in der ganzen Welt
zu Unrecht so verschrie'n?
Unsere kessen, doch so lieben
Jungens von Berlin.

Unsere Berliner Jungs
sind besser als ihr Ruf,
und aus diesem Grunde man
dies kleine Liedchen schuf.

Der Hund ohne Bildung

Es stand 'ne Kuchenfrau im Friedrichshaine,
die wollte Kuchen dort verkaufen ganz alleine.
Und während sie grad ihren Kuchen mißt,
da kommt ein Hund, der hat ihn angepißt.

„Wat kann man bei een Hund for Bildung suchen?"
sagt da die Kuchenfrau und trocknet ab den Kuchen.
Legt ihn darauf an einen anderen Fleck.
„Na, wenn er trocken is, dann jeht der ooch mit weg!"

Schon kommt ein kleiner Junge angelaufen,
der wollte für'n Fuffzjer Kuchen kaufen.
Da kommt der Kuchenfrau es in den Sinn,
gibt ihm den angepißten Kuchen hin.

Der Junge bringt den Kuchen nun nach Hause,
wo die Familie sitzt beim Sonntagsschmause.
Der Vater kostet gleich einmal davon
und sagt: „Der schmeckt jewaltig nach Natron!"

Der Kuchen wollte wirklich niemand schmecken,
drum ließ zuletzt den Hund man daran lecken.
Jedoch der Hund, der schnuppert nur mal dran,
er dreht sich um und pißt ihn noch mal an.

Solang noch Untern Linden

Solang noch Untern Linden
die alten Bäume blüh'n,
kann nichts uns überwinden,
Berlin bleibt doch Berlin!

Wenn keiner treu dir bliebe,
ich bleib dir ewig grün,
du meine alte Liebe,
Berlin bleibt doch Berlin!

Die Lieder nach dem Titel geordnet

Die Lieder nach den Anfängen geordnet

Herausgeber und Verlag bedanken sich freundlich bei den nachstehend aufgeführten Rechtsträgern für die Überlassung der Rechte der folgenden Berliner Lieder:

Apollo-Verlag Paul Lincke, Berlin
Uff'n Hängeboden (Text: Robert Steidel) – Hinterm Ofen sitzt 'ne Maus (Text: Robert Steidel) – Pflaumen-Walzer (Text: Adolf Behling) – Bis früh um fünfe, kleine Maus (Text: Alfred Schönfeld) – Ach Ernst, ach Ernst, ach Ernst (Text: Ernst Schwarz) – Laßt den Kopf nicht hängen (Text: Heinz Bolten-Baeckers) – Das macht die Berliner Luft (Text: Heinz Bolten-Baeckers)

Beboton-Verlag GmbH, Hamburg
Das ist Berlin (Musik: Leo Leux/Matthias Perl, Text: Hans Hannes/Bruno Balz) – Es geht doch nischt über Berlin (Musik: Willi Kollo, Text: Willi Kollo/Walter Lieck)

Bosworth & Co., Musikverlag, Köln
Warum soll er nich mit ihr ...? (Text und Musik: Walter Mendelssohn)

Rolf Budde Musikverlage, Berlin
Janz weit weg von Berlin (Musik und Text: Walter Dobschinski/Fred Oldörp/Hans Bradtke © 1957 by Edition Primus Rolf Budde KG, Berlin) – Berliner Jungens, die sind richtig (Musik und Text: Erika Brüning © 1950 by Edition Metronom Gerhard Froboess KG, Berlin) – Die gute alte Blumenfrau (Text und Musik: Fred Oldörp © 1953 by Edition Takt Ton GmbH, Berlin)

Dreiklang-Dreimasken Bühnen- und Musikverlag GmbH, München
Die kleine Bank am Großen Stern (Musik: Walter Kollo, Text: Hans Brennecke © 1935 by Dreiklang-Verlag, Berlin) – Das war in Schöneberg (Musik: Walter Kollo, Text: Rudolf Bernauer/Rudolph Schanzer © 1913 by Drei Masken Verlag, München) – Untern Lin-

den (Musik: Walter Kollo, Text: Rudolf Bernauer/Rudolph Schanzer © 1912 by Drei Masken Verlag, München)

Paul Fischer Musikverlag, Burgbernheim
Lied von der Krummen Lanke (Musik und Text: Fredy Sieg)

Harmonie Verlagsgesellschaft für Literatur und Kunst GmbH, Hamburg
Erst kamen die Blusen, die Kleider (Musik: Rudolf Nelson, Text: Willy Wolff © 1913 by Harmonie-Verlag, Berlin) – Komm, hilf mir mal die Rolle drehn (Musik: Walter Kollo, Text: Hermann Frey © 1908 by Harmonie-Verlag, Berlin)

Edition Meisel & Co. GmbH, Berlin
Berlin bleibt doch Berlin (Musik: Will Meisel, Text: Bruno Balz)

Edition Plessow, Berlin
Hochzeit bei Zickenschulze (Text: Fredy Sieg)

Rondo Verlag GmbH, Hamburg
Durch Berlin fließt immer noch die Spree (Musik: Jean Gilbert, Text: Robert Gilbert © 1925 by Rondo-Verlag, Berlin)

Tatjana Sais, Berlin
Es geht doch nischt übern bißchen Natur (Text: Günter Neumann) – Oh, du Berolina mia (Text: Günter Neumann)

Otto Teich, Theater-, Buch- und Musikverlag, Darmstadt
Im Grunewald ist Holzauktion (Musik und Text: Otto Teich) – Der Überzieher (Musik und Text: Otto Reutter)

Peter Schaeffers Musikverlag, Berlin
Heimweh nach dem Kurfürstendamm (Text: Bobby Kamp/Günther Schwenn)

Der Herausgeber

Rudolf Eberhard, Jahrgang 1920, ist wie die allermeisten Berliner kein geborener Berliner und auch kein Schlesier. Aber ein Magdeburger. Er ist keineswegs so weltfremd, daß er meint, woanders als in Berlin könne man gar nicht leben, aber so recht denkbar, nicht in Berlin zu leben, ist es ihm, wie den meisten Berlinern, nicht.
Von Beruf ist er Verlagskaufmann, kaufmännischer Chef eines bekannten Berliner Fachverlages. Beruflich befaßt er sich also mit Fachliteratur, die das Unternehmen buchstäblich in alle Welt liefert. Privat bezeichnet er sich als Schöngeist. Er sammelt nicht nur Berliner Lieder, sondern ist auch ein Freund und Kenner von lyrischen und epischen Gedichten, etwa von Ringelnatz über Morgenstern und Kästner bis hin zu Gilbert und Odeman.

Die Illustratoren

Ayla und Ali-Haydar Hicsasmaz, beide Jahrgang 1942, in Istanbul (Türkei) geboren, besuchten die Kunstakademie, haben 1968 geheiratet und inzwischen eine Tochter Zeynep Ayse (der ganze Stolz der Familie), die in Berlin-Kreuzberg eingeschult wurde und inzwischen das Französische Gymnasium besucht.
Das Ehepaar war auf verschiedenen Gebieten künstlerisch tätig: so in einer Porzellanfabrik als Maler, sie gestalteten ein Jahr gemeinsam das Istanbul-Hilton-Magazin, machten Werbung, und ab 1969 arbeitete Ali-Haydar als freier Grafiker. Anfang der siebziger Jahre kam Familie Hicsasmaz nach Berlin. Während Frau Ayla zuerst in einem Kunstdruckverlag tätig war und jetzt als Kunsterzieherin arbeitet, blieb Ali-Haydar dem Verlagswesen treu und bewies seine Vielseitigkeit als Grafiker, Layouter und Lithograph. Mit ,,Fritze Bollmann wollte angeln" illustrierten beide einfühlsam und mit viel Charme ihr erstes Buch – es wird bestimmt nicht ihr letztes sein.

Berliner Humor

Hans Ostwald
Der Urberliner

Wilhelm Franke
So red't der Berliner Ein lustiger Sprachführer

Jonny Liesegang
Det fiel mir uff! Schnafte Geschichten und dufte Bilder

Jonny Liesegang
Det fiel mir ooch noch uff!

Jonny Liesegang
Det fiel mir »trotzdem« uff! Neue Geschichten und Bilder

Jonny Liesegang
Da liegt Musike drin!

Luise Lemke
Lieber'n bißken mehr, aber dafür wat Jutet
Berliner Sprüche

Luise Lemke
Besser jut jelebt und det noch recht lange
Noch mehr Berliner Sprüche

Luise Lemke
Det schmeckt nach mehr Küche, Kochtopp und Jemüt

Luise Lemke
Laß dir nich verblüffen Berliner Witze

arani geschichtlich

Regina Stürickow
Der Insulaner verliert die Ruhe nicht
Günter Neumanns Kabarett zwischen Kaltem Krieg
und Wirtschaftswunder

Hannelore Rosenthal
Unser Bunker steht noch
Ein Kreuzberger Haus im Krieg

Werner Vogel
Führer durch die Geschichte Berlins

Karla Höcker
Die nie vergessenen Klänge
Erinnerungen an Wilhelm Furtwängler

Vera Grützner
Potsdamer Musikgeschichte

Karl Voß
Potsdam-Führer für Literaturfreunde
Auf den Spuren von Männern und Frauen
der Feder in der Havelstadt

Ludwig Sternaux
Potsdam
Als Flaneur durch die tausendjährige Stadt